D1358662

Un amour de grenouille

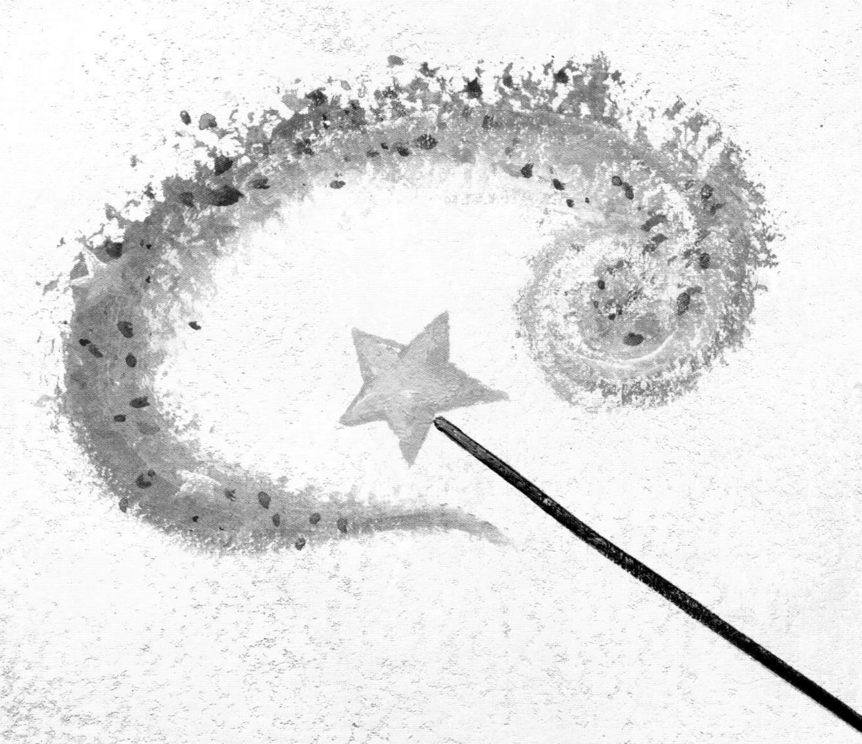

À Esther, qui a déjà trouvé…

R. S.

À mon précieux collaborateur et amoureux,
Alain Massicotte,
et à mes deux grenouilles d'amour
Élodie et Émile !

N. P.

Catalogage avant publication de Bibliothèque et Archives Canada

Soulières, Robert
Un amour de grenouille
Pour enfants.

ISBN 978-2-89512-608-9 (rel.)
ISBN 978-2-89512-609-6 (br.)

I. Pelletier, Ninon. II. Titre.

PS8587.O927F47 2007 jC843'.54 C2007-940161-9
PS9587.O927F47 2007

Directrice de collection : Lucie Papineau
Direction artistique et graphisme : Primeau & Barey

Dépôt légal : 3e trimestre 2007
Bibliothèque et Archives nationales du Québec
Bibliothèque nationale du Canada

Dominique et compagnie
300, rue Arran
Saint-Lambert (Québec)
Canada J4R 1K5
Téléphone : 514 875-0327
Télécopieur : 450 672-5448
Courriel : dominiqueetcie@editionsheritage.com

www.dominiqueetcompagnie.com

Imprimé en Chine

Nous remercions le Conseil des Arts du Canada de l'aide accordée à notre programme de publication.

Nous reconnaissons l'aide financière du gouvernement du Canada par l'entremise du Programme d'aide au développement de l'industrie de l'édition (PADIÉ) pour nos activités d'édition.

Nous reconnaissons l'aide financière du gouvernement du Québec par l'entremise du Programme de crédit d'impôt pour l'édition de livres – SODEC – et du Programme d'aide aux entreprises du livre et de l'édition spécialisée.

Un amour de grenouille

Texte : Robert Soulières
Illustrations : Ninon Pelletier

Ferdinand de Létang, le prince magicien, se promenait près de son étang royal. À la vue d'une centaine de grenouilles, il s'exclama :
– Chouette ! Il pleut, il mouille, c'est la fête à la grenouille !

Il s'approcha encore davantage de l'étang et, avec enthousiasme, il s'écria :
– Viens ici, ma petite grenouille !

Le batracien avança lentement, avec nonchalance.
En moins de temps qu'il n'en faut pour bâcler un devoir de mathématiques, le prince magicien, d'un coup de baguette magique, transforma la grenouille en...

... en crocodile ?

En borne-fontaine ?

En échelle avec un chat
noir qui passe en dessous ?

En camion de pompiers ?

Bien sûr que non.

Il changea la grenouille
en princesse charmante,
évidemment !

Excellent!

Audrey de Limoilou, c'était son nom, était belle comme un cœur et musclée comme une joueuse de tennis. Mais elle avait l'air un peu paresseuse. Qu'à cela ne tienne, bras dessus, bras dessous, Ferdinand et sa princesse s'en allèrent rencontrer les parents du prince. Ferdinand était vite en affaires.

Ferdinand était aussi un prince romantique. Il avait toujours rêvé d'un mariage princier, et c'est ce qu'il eut. Son père ne lui refusait rien et sa mère ne lui disait jamais non.

Alors : smoking, carrosse en or avec coussins gonflables aux deux portes, bouquets de fleurs partout, troubadours, jongleurs, amuseurs publics, et même buffet chinois à volonté. Et dring, dring, dring, que désirez-vous ? Vous l'avez déjà en claquant des doigts.

Ce fut une belle et grande noce ! Comme dans les films. Dans les films où il y a un mariage, bien sûr. Les parents de Ferdinand étaient aux anges. Ils avaient maintenant le château pour eux tout seuls ! Il était temps !

Après avoir visité Istanboule, Nouille York, Venise-en-Québec, le Domaine de Rouville et Paricimachère, le petit couple commença à s'ennuyer et il revint au pays.

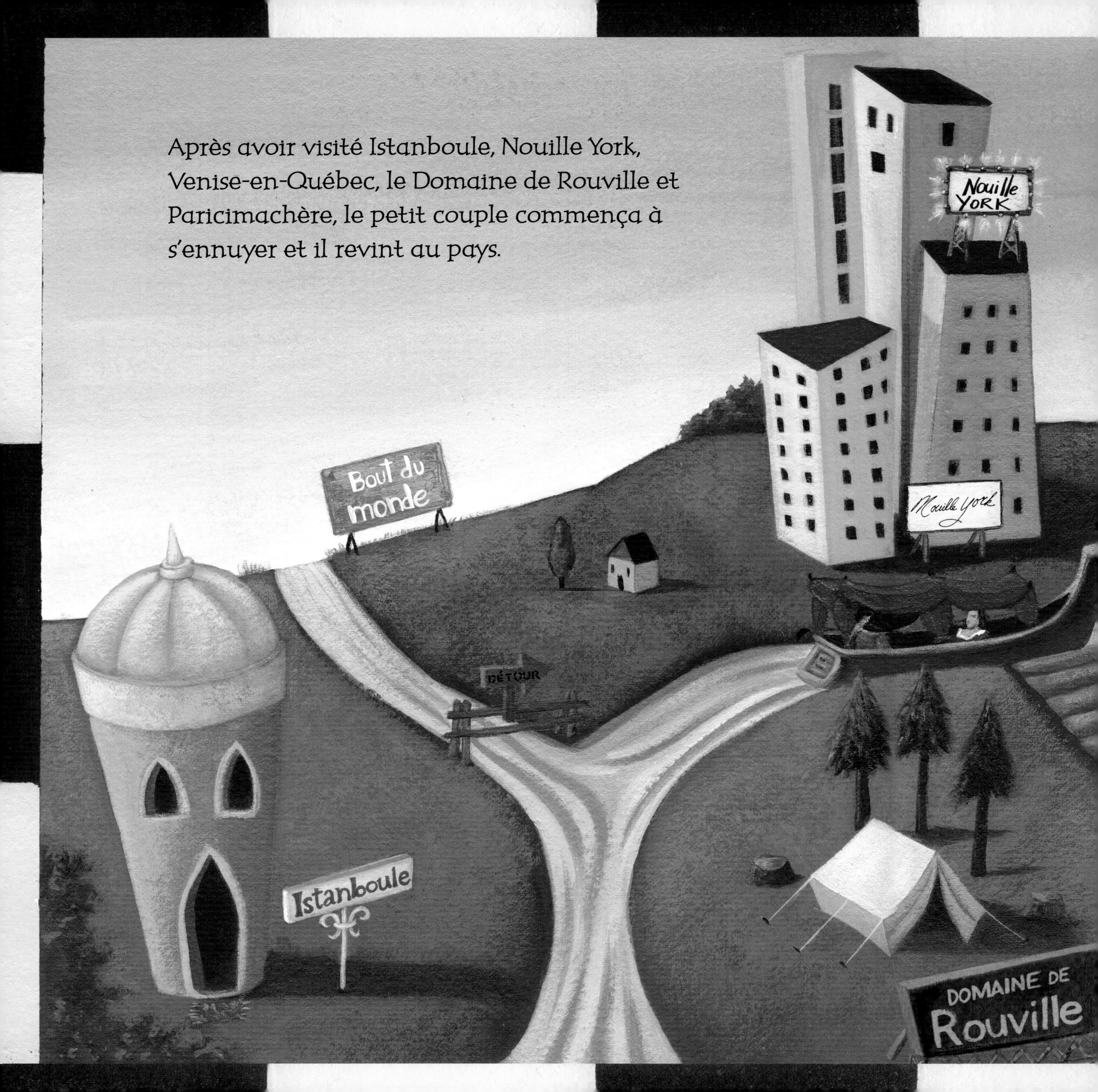

C'est à ce moment-là que les choses se corsèrent.
En effet, ô stupeur, Audrey de Limoilou ne savait même pas faire cuire un œuf! Et encore moins jardiner.
Au lieu des roses et des tulipes, c'étaient des pissenlits et de l'herbe à poux qui poussaient.

Audrey suivait des cours de jardinage, mais elle n'était pas très douée.
-Ciel! Vous tenez votre livre à l'envers! s'était exclamé Ferdinand, outré.

Se pourrait-il qu'Audrey ne sache pas lire?

HABITAT
Comment les attirer ?
A
B
C
Tout sur le jardinage

CROQUETTES

L'épouse de Ferdinand de Létang devenait de moins en moins charmante au fil des jours. Audrey ne prenait son bain qu'une fois par mois. Le trois du mois, d'habitude. Son chiffre chanceux.

Mais ce n'est pas tout. Audrey laissait traîner sa robe et ses bas partout. Elle ne mangeait que des croquettes de poulet, du maïs soufflé au caramel et des jujubes en forme de dragon. Elle faisait tout, tout, tout pour embêter Ferdinand au lieu d'être une princesse charmante comme prévu.

Audrey s'était découvert une passion : le jeu. Elle jouait. Toute la journée, elle jouait à la balle, aux cartes, aux dés, au parchési, aux osselets avec ses amies, les princesses du coin.

Audrey ramenait sans cesse ses copines à la maison pour dévaliser le garde-manger. Elles mettaient leurs sales pieds partout en rotant comme de vraies... grenouilles !

Audrey de Limoilou rentrait au petit matin. Elle réveillait Ferdinand en laissant tomber sa raquette de tennis ou en lançant son sac à dos contre le mur.

Une fois couchée, elle ronflait comme une vieille trompette. Aux yeux de Ferdinand le romantique, le charme d'Audrey était complètement fané. Il fallait qu'il fasse quelque chose.

En moins de temps qu'il n'en faut pour écrire sans faire une seule faute : JUSTE CIEL ! COMMENT AI-JE PU ÉPOUSER CETTE FEMME ? Audrey était devenue la plus grande fainéante du canton.

Ferdinand était déçu, découragé, dégoûté, désespéré. Et on peut ajouter ici plusieurs adjectifs qui veulent dire la même chose et qui commencent par « dé ».

Aux grands maux les grands remèdes. Le prince magicien ressortit sa baguette magique du placard à balais. Il avait un plan...

C'est pas trop tôt !

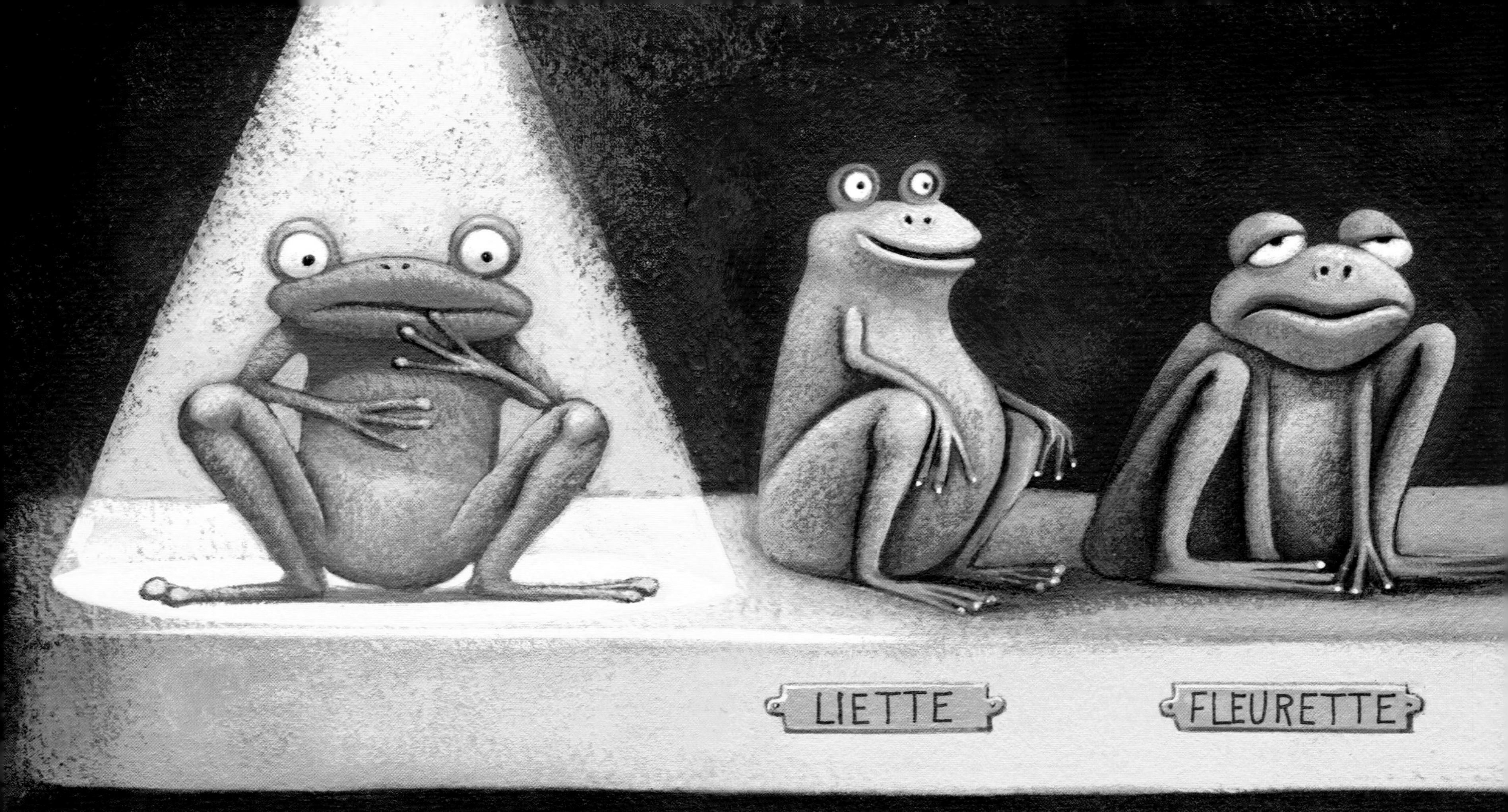

Tandis qu'Audrey dormait à poings fermés, c'était là son sport préféré, le prince magicien la transforma en grenouille de pierre.

Ferdinand la déposa gentiment sur le manteau de la cheminée.

Et une de plus !

Ferdinand était malheureux. Une larme coula, puis une autre. Ensuite, il se mit à pleurer comme un robinet qui fuit, puis comme une fontaine, puis comme les chutes du Niagara. Cette fois, c'en était trop !

S'il y avait eu un pont, il aurait grimpé dessus pour crier son chagrin tout en bloquant la circulation des charrettes durant plusieurs heures. Mais s'apercevant qu'il était en train de se noyer dans ses larmes, il arrêta aussitôt de pleurer.

Comme un grand garçon, Ferdinand de Létang se ressaisit... sans même avaler dix boîtes de biscuits aux brisures de chocolat.

Non! Pitié!

Quelques jours plus tard, le prince magicien retourna flâner près de son étang.

-Viens ici, ma petite. Tu n'as pas l'air comme les autres, toi...

-Coâ coâââ.

-Débrouillarde et énergique, en plus!

-Coâ coâââ. Coâ coâââ.

-Je ne comprends rien, mais tu as l'air d'avoir de la conversation, ce qui ne gâte rien! Viens ici. Approche, approche, je ne te ferai pas de mal...

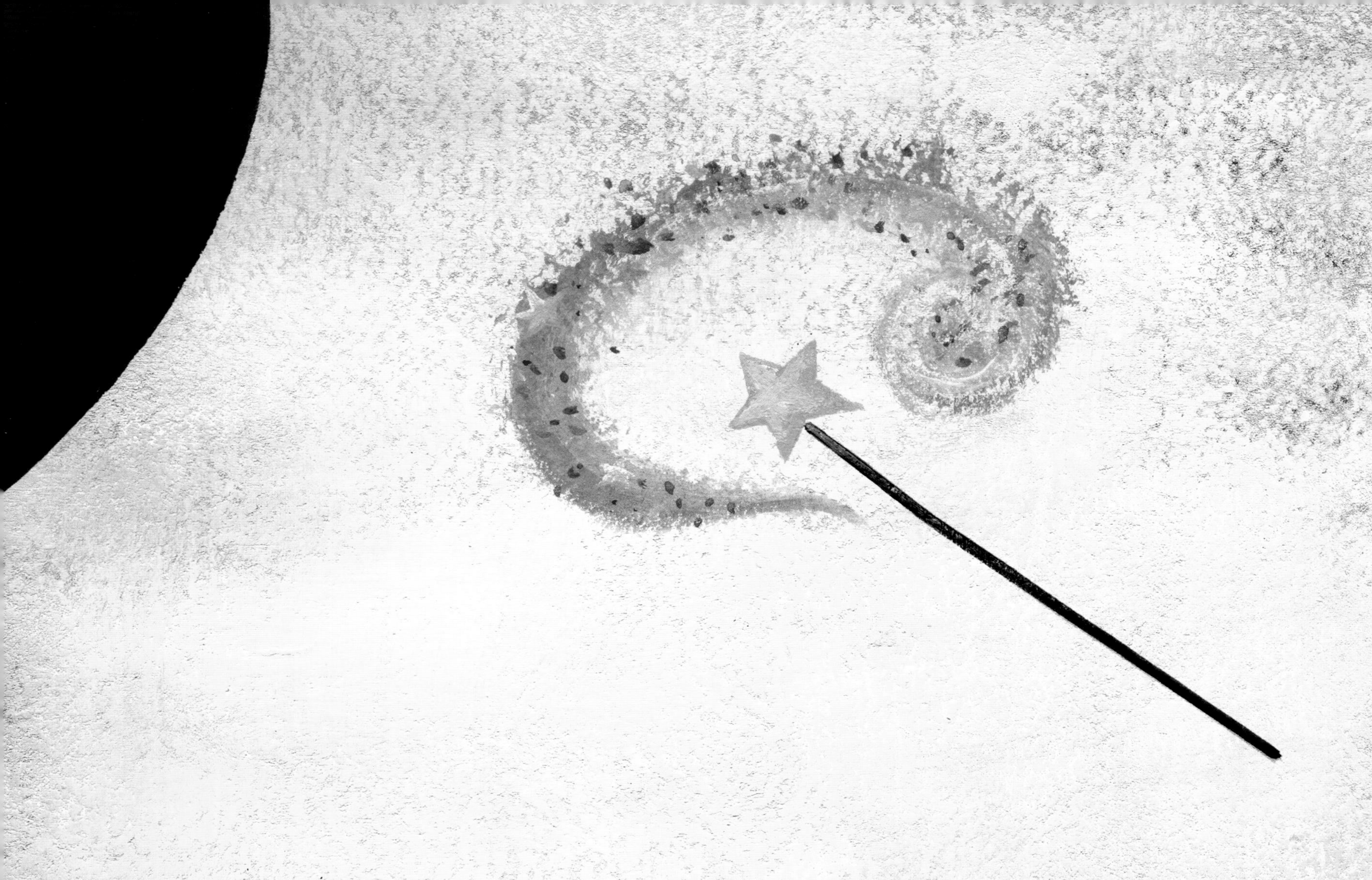

Ferdinand attrapa le petit animal par la peau du cou, agita sa baguette magique, et ppfffiouuutt! le batracien se changea en…

–Oh ! Oh ! s'exclama le prince magicien, c'était un crapaud !